KB124357

트와이스가 걸린 교실

트와이스가 걸린 교실

초판 인쇄 / 2020년 8월 10일
초판 발행 / 2020년 8월 14일

지은이 / 윤장규
펴낸곳 / 도서출판 말벗
펴낸이 / 박관홍
등록번호 / 제 2011-16호

주소 / 서울 영등포구 문래로4길 4 현대상가 204호
전화 / 02)774-5600
팩스 / 02)720-7500
메일 / mal-but@naver.com

www.malbut.co.kr
© 윤장규

하림시인선 04

트와이스가
걸린 교실

윤장규 시집

2020. 7

말벗

묶으며

소년 시절 봄날 어느 이른 아침
까까머리를 하고 해가 뜨는 학교 정문을 들어섰지
그림자는 나보다 앞서 있었지

그리고
이곳저곳 이리저리 이렇게 저렇게
허둥대기만 하는 동안에 세월은 흘러

반백이 된 여름날 어느 기우는 저녁
성근 머리로 해가 지는 학교 후문을 나서는데
그림자는 아직도 문 안에 있네
                              – 시 「정년퇴직」 전문

좋은 선생도 못 된 채로
좋은 시인도 못 된 채로

5

그리고,
좋은 남편도 좋은 아버지도 좋은 형제도
좋은 친구며 좋은 동료며 시민도 못 된 채로
고개 숙인 걸음이 굽이 하나를 돌아섭니다

남은 길이 얼마인지는 몰라도
아직 날은 다 저물지 않았으므로
부끄럼이 조금이나마 옅어질 때까지
어쩌면 꽃 한 송이 만날 수 있을 때까지
곧은 걸음 애쓰는 다리에 힘이 남아 있기를.

2020년 8월

윤 장 규

차례

9

1부
다시 겨울에서 봄으로

입학식

입학식 날
옷 젖는 줄 모른다는 가랑비가 내리고
새 교복을 입은 아이들이 강당으로 모여든다

당근바지 남학생
똥꼬치마 여학생

남학생 종아리엔 흙물이 묻어 있고
여학생 종아리엔 소름이 돋아 있다

저 종아리들 모두
옷 젖는 줄 모르는 사이에
나무 걸상 다리를 닮아갈 것이다

훗날
깔딱고개에서 잠시 쉬다가 알게 되리라
정강이에 언제부터 각목이 자라왔는지를
그 각목으로 한 생을 걸어왔음을

봄비

– 비가 오네…!

남궁 선생의 말이 끝나자
커튼이 제 스스로 걷힌다

겨울방학 동안 아이들 발길 끊겨
동상까지 걸린 여고 앞 사거리
신호등이 막 푸른색으로 바뀌면
후두둑
맨종아리로 건너오는 봄의 발자국들

봄이 입학한 지 닷새가 지났다
온 학교가 근질근질 가렵다

봄에서 겨울로, 다시 겨울에서 봄으로

길 하나를 사이에 두고 초등학교와 고등학교가 있다.

길 건너 초등학교엔 오늘 학생회장 선거가 있는 모양이다. 꽃샘눈이 내리는데도 교문엔 아침부터 손팻말이 춤을 추고, 후보자를 연호하는 함성으로 아우성이다. 아하! 저렇게 봄이 오고 있구나.

자리에 돌아와 앉아, 빙그르르 의자를 고등학교 운동장 쪽으로 돌리면, 감감한 눈. 길 하나를 사이에 두고 한쪽엔 아우성치는 봄이 오는데, 다른 쪽엔 겨울 산정같이 적막한 폭설.

보충학습, 자율학습, 모의고사, 교과교실제, 집중이수제, 새로운 동아리 활동 조직, 입학사정관제를 위한 스펙, 학생부 교과 전형, 학생부 종합전형, 수시입학 확대, 다시 정시입학 확대…, 이 모든 것들로 머리에 증기 나는 학생들 마음이 야간 자율학습하는 밤마다 하늘로 오르더니 차갑게 얼어, 지금 세상엔 봄이라 하는데도, 저처럼 아득한 폭설로 내리는가.

아마 이곳엔 목련이 피고 라일락이 피어도, 봄은 오지 않으리라. 세상은 봄이라 하는데도 겨울 학교가 되는 이곳. 저 초등학교 아이들은 잘 자라, 봄에서 겨울로 오리라.

그러나 누구나 알고 있다.

겨울을 보내고 나서야 초록의 물살로 일렁이는 청보리같이, 겨울 아닌 겨울을 겪고 난 저 아이들이야말로 진정 봄 같은 봄을 이끌어 올 수 있음을.

그런 날

바람을 입고 나왔니?

아이들의 옷차림을 보고
그렇게 말해보고 싶은 날
통통 튀어오는 아이들 목덜미에
물오른 햇빛이 아르르- 쏟아진다

바람조차 얼음 수건으로 얼굴을 닦듯 감기는 오후
하늘이 기지개를 켜며 저토록 파란 것을 보면
살아가는 어느 날엔 분명 있는 것이다
먹구름들도 모두 피해 주고 싶은 날이

교정(校庭)의 하루

틀림없이 뭔 일이 있기는 있었던 거다

개똥지빠귀 두 마리가 해당화 그늘 안에 든 후

해당화는 갑자기 빨갛게 꽃을 피우기 시작했으니까

내가 아무 생각 없이 그 옆을 지나다 발소리를 낸 탓으로

개똥지빠귀는 푸드득 얼굴 가린 채 서로 다른 방향으로

달아나버렸고

엿보던 눈길 들킨 듯 조팝나무꽃은 요란스럽게 손부채질

을 했으니까

그 옆의 홍단풍은 아직 이른봄인데도 손끝까지 빨개져

버렸으니까

벚꽃 엔딩

테니스장 옆 여러 그루의 벚나무에
벚꽃 참 환하게 피어나던 봄날
그 아래 아이들 몰려 사진을 찍고
꿀벌에 놀라 달아나다 깔깔대던
그때는 몰랐지

바람을 불러 꽃을 떨구어내는 나무의 결단으로
나무 아래 떠나는 꽃잎들 순교자처럼 스러진 후
꽃잎 자리마다 움켜쥔 의지처럼 버찌 붉어질 때
벚나무 한 그루 죽어 있는 것을

관(冠)을 쓰고 교수형을 받은 왕비처럼
꽃째 말라죽은 벚나무

그때야 알았지
어떤 꽃은
하품 같은 바람에 속절없이 지기보다
가장 향기로울 때 단식으로 제 목숨을 끊는
지독한 자존심으로 피기도 한다는 것을

편지를 쓰자

수업 시간
졸고 있는 아이들을 깨우기 위해 이야기를 한다

자 한번 생각해 보자
장래 여러분들의 짝은 지금 무엇을 하고 있을까
혹 여러분들처럼 어느 교실에서 졸고 있는 것은 아닐까
아니면 초롱초롱한 눈으로 선생님의 손을 따라가고 있을까
여드름이 핀 두꺼비 같은 얼굴로 수학 문제를 풀고 있을까
귀공자처럼 희고 긴 손가락으로 안경을 추켜올리고 있을까
또는 땀에 젖어 하늘로 솟아오른 축구공을 따라가고 있을까

어젯밤 수학학원 근처 분식집에서 뒷자리에 앉아 떡볶이
를 먹던 뒷모습일까
  교문을 들어서다 돌아볼 때 문득 길 건너편에서 같이 돌
아본 그 얼굴일까
  아니면 버스에서 차창으로 먼 꿈을 꾸던 오똑한 콧날일까
  혹은 학원에서 내 쪽으로 굴러온 볼펜을 줍던 놀란 눈일까

언제쯤 그 짝을 만나게 될까

어디서 어떤 모습으로 만날까
처음부터 서로의 짝임을 알아볼까

자 그에게 줄 편지를 쓰자
이것이 그대를 그리워하면서 쓴 내 마음이라고
두 팔을 벌려도 다 안을 수 없는
내 10대의 사랑이라고

서림이

남산에 아카시아 핀다
흰 물감이 번진 것 같다
저 아카시아 지고 나면
온 산이 다 초록으로 덮일 텐데
저 자리에 아카시아 있었다는 걸
기억하는 이 얼마나 있을까
산 여기저기서 무더기 무더기로 피었다가
무더기로 지고 또 잊혀 갈 텐데

우리 반의 맨 뒤에 앉아 있는 서림아
국영수사 다 합쳐도 두 자리인
너도 그럴 것이다
아마

그러나 매년
남산을 바꾸어보려고 시도하는 것은
진달래와 아카시아 뿐이다

우리 반의 맨 뒤에 앉아 있는 서림아

국영수사 다 합쳐도 마음을 잴 수 없는
너도 그럴 것이다
아마

자소서 유감

아이들 자기소개서로 하루를 보낸다

우리 대학이 왜 학생을 뽑아야 하는지 적어보시오
당신들은 이런저런 의미로 나를 뽑아야 할 거요
보이지 않는 밀당으로 팽팽하게 당겨진 줄
아이들은 그 줄 위에서 광대처럼 뒤뚱거린다

남들보다 우수한 성적을 기본으로
남들보다 특별한 체험을 해야 하고
남들보다 특별한 봉사를 해야 하고
남들보다 특별한 책을 읽어야 하고
남들보다 특별한 상을 받아야 하고
남들보다 특별한 논문을 써야 하고
남들보다 특별한 역할을 해야 하고

평범한 학생들은 쓸 수 없는 자소서
특별한 학생들만 쓸 수 있는 자소서

아이들은 자소서를 쓰는 일로부터 비로소

어른들이 사는 세상 낌새를 느낄 것이다
박지원의 양반 문서에 담긴 허방 같은

문득, 어느 대학생이 보고 싶다
*대학은 브로커가 되어 인간 제품을 납품하는 곳이라면서
내가 달리고 있는 곳이 끝이 없는 트랙이라면서
나는 대학을 그만둔다, 아니 거부한다던

---

* 2010년 3월 10일 고려대학교 경영학과를 자퇴하며, 김예슬

특강

아이들이 진로 특강을 듣는다. 특강 주제는 '인생 설계, 어떻게 할 것인가?'

강사는 제 말로, 키가 작고 잘 생기지도 않았으며 더구나 완전히 남자 이름을 가진 여자란다. 게다가 키높이 구두를 신었다고 고백하는 그녀의 앙칼진 목소리가 귀에 거슬렀으나,

아이들은 열광했다. 이유는 그녀가 학교 다닐 때 절대 모범생이 아니었던 까닭. 학교에서 퇴학까지 당했다는 그녀가 학교에 와서 특강을 하고 있는 것이다.

아이들은 혁명의 의지를 또 들키고 만다.

달맞이꽃

아이들이 자율학습을 하는 밤엔
여고 앞 실개천에 달맞이꽃 핀다
달 없는 그믐에도 달맞이꽃 핀다
책상에 엎드려 잠든 혜지 꿈에도
달맞이꽃 핀다

야자하는 밤에 운동장에 서 보면
교사(校舍)는 노란 달맞이꽃밭이다

체험학습 소식

원주 토지 문학공원에서
자유의 다른 이름이 외로움이라는 것을
박경리 선생의 말씀으로 끄덕이며 깨달은 후
인제 만해마을에서, 또 안다
물소리가 하늘로 올라 흐르면 바람 소리요
바람 소리가 계곡을 따라 불면 물소리임을

아이들과 함께 체험학습을 떠난 날 저녁
집에서 궁금해할 학부모님들께 문자를 보낸다

바람 소린지 물소린지 아이들 소린지
다 함께이면서 또 따로인 만해마을에서
아이들 모두는 다 설악처럼 외롭습니다

답안지

중간고사 마지막 날 마지막 시간, 몇 아이들은 나름 진지하게, 잠을 잔다. 그런 아이들은 신통하다. 답안 카드를 나누어주고 아직 시험지는 나누어주지 않았는데, 카드를 다 작성해 놓고 감독교사의 사인만을 기다리고 있다.

그 아이들의 답안지를 살펴보면 아이들의 성향마냥 다양할 것 같지만, 이게 꼭 그렇지도 않다. 한 번호만 선택해서 끝까지 내리긋은 형과, 아무 번호나 대중없이 마킹한 형이 대부분이다. 간혹 어떤 아이는 1번에서 10번까지는 1번, 11번에서 20번까지는 2번처럼 마킹하는 학생도 있고, 1번에서 계단을 내려가기 시작해서 5번까지 가고, 6번에서 방향을 바꾸어 9번까지 가는, 창의성을 드러내는 유형도 있기는 있다.

이것을 보면 마치 아이들의 꿈의 유형이 이것밖에 안 되나 싶어 안쓰럽기도 하지만, 정답을 찾아 비틀거리지 않고 5지선다형 답안지로 만들어낼 수 있는 그림은 그리 많지도 않은 것이다.

그러나 어떤 유형이든 확실한 것은, 모두 출제자의 의도에 부합한 것은 아니라는 것이고, 각기 제 나름의 기호에 맞게 그림을 완성한다는 것이다. 결국 시험은 아이들의 마음을 그림으로 확인하는 셈이니, 매번 잠으로 시작해 잠으로 끝나는 이 시험이 또한 아주 의미 없는 일은 아니라고 위안해 보기도 한다.

나는 이런 아이들이 위험하다고 느끼고 경계하는 편이지만, 한편으로는 이 아이들이 훗날 무슨 일을 내주기를 은근히 바라기도 한다.

바람의 정체

바람은
꽃들이 만들어내는 거였어
제각각의 향기와 무게와 농도와 온도와 바라는 방향이
달라
그렇게 꽃들의 숨소리가 달라
꽃들 사이사이에 기압의 차이가 생겨 기류가 만들어지면
그게
바람이었던 거야

바람이 혁명을 뜻하기도 한다는 말은 알지?
아이들은 모두 꽃이라는 것도?

십일월의 희망

시월의 마지막 밤을 몇 방울의 비로 보내고
십일월의 아침을 낯선 추위와 함께 맞는다

운동장에서 축구를 하는
아이들의 옷소매는 아직 반팔이다

11월의 추위는
아이들의 팔뚝에 소름이 돋게는 하겠지만
공을 쫓는 마음을 움츠리게 할 수는 없나 보다

2부
열무김치

마음으로 듣는 소리

고로쇠 물 채집하는 체험장에서
고로쇠나무의 혈관에 끼워진 관을 입에 물고
쪽- 쪼옥-
고개를 젖혀가며 빨아대는 아이들 사진을 보다
반달곰 가슴에 구멍을 내고 쓸개에 빨대를 박아
쓸개즙을 빨아먹던 쓸개 빠진 어른들이 떠올라
자꾸 헛구역질이 났다

반달곰의 신음은 들을 수 있지만
고로쇠나무의 울음은 듣지 못해서인가

입가에 선지피가 번들번들 묻어있는
아이들 웃음에서 자꾸 비린내가 나는데
저 아이들이 자라 그 어른들이 되는 것은 아닐까
싱숭생숭한 봄이 오고 있는데

애들아
소리는 귀로만 들리는 것은 아니란다
정말 중요한 소리는 마음으로 듣는 것이란다

재수

비워두었던 시골집 화목 보일러에 불을 지핀다
서너 시간이 지나도 방이 더워지지 않는다
식은 방을 데우는 것은 이렇게 힘드는구나

도현아
네가 정말 재수를 하고 싶다면
비워두었던 집 보일러에 불을 지펴 보아라

죽음의 과학

나로호는 국가적 차원에서 매달려
세 번이나 쏘아 올린 끝에
겨우겨우 하늘로 보내는 데 성공했는데

사람의 목숨은
내려놓기만 하면 바로 하늘로 가니
죽음은 얼마나 치밀한 과학인가

대입 원서 쓰는 일이
죽음이라면 또 얼마나 좋을까

감나무

언제 잎을 내밀고
언제 꽃을 피우고
언제 열매를 맺어야 하는지
한 치도 어긋남이 없는 감을 잡기 위해
고등학교 3학년 교무실 앞 감나무는
4월 중순인데도 두꺼운 겨울옷 그대로 걸치고
말라죽은 것처럼 시치미 떼고 있습니다
곁눈질로라도 눈 내밀면 혹, 꽃샘추위 또 올까 봐
바구미 노린재처럼 죽은 척하고 있습니다

늦게 눈 내밀고
늦게 꽃 피워서
늦게 열매 맺다 보니
이파리 다 떨어지고 서리 맞을 때까지
한겨울 까치밥으로 꽁꽁 얼어 몸 내어줄 때까지
방문을 안으로 잠그고 추가 합격 기다리는 아이처럼
가장 늦게까지 겨울을 사는 감나무

어쩌면

분이 서리처럼 핀 곶감을 먹을 때마다
고등학교 졸업식을 기숙학원에서 맞았다는
목덜미가 하얗던 아이가 떠오르는 것도
그런 때문일까요

어떤 예배

수업을 시작하자마자
책을 책상 위에 언덕처럼 쌓아놓고
책 언덕에 얼굴만 한 거울을 기대놓고
아이는 화장품 가방을 꺼내 화장을 시작한다

아이의 얼굴은 민얼굴을 알아볼 수 없어
마치 가부키 화장을 한 것 같은데
아이는 또 화장을 시작한다

처음 전근 와서는 그 이유를 알지 못했다
그러나 지금은 아주 잘 안다, 눈물겹도록
누구나 자기가 가장 잘하는 것을 할 때 행복하듯
아이에게는 가장 잘하는 것이 화장밖에 없는 것이다
수학ㆍ 영어도, 중간ㆍ 기말고사도, 수시ㆍ 정시모집도
아이에게는 오래전에 집 나간 엄마의 먼 신혼 이야기
온몸으로 집중해서 할 수 있는 것은 오로지 화장뿐
화장은 성스러운 종교의식이다
지금은 예배 시간
아이는 지금 아주 경건한 자세로 기도를 올리고 있다

3학년의 가을

백중이고 보름날
태풍 지나가는 날 허리 부러져
집안으로 넘어진 아름드리 잣나무 잘라 정리하고
뿌리째 뽑힌 앞마당 살구나무는 손도 못 대 본 채
찢긴 나뭇가지와 나뭇잎들을 청소하고 나니
가을볕이 노루 꼬리

입학식이 어제 같은데
자율학습 시간 몇 번 졸았는지
가위눌린 시험 몇 번 보았는지
성적표 받아들고 두어 번 울었는지
어떤 자세로도 잠을 잘 수 있는 잠신이 다 되어
눈 두어 번 감았다 뜬 것 같은
방학 몇 번 지나고 나니
수능이 내일 모레

모든 경계엔 꽃이 핀다*

아이들이 반성문을 써 온다

잘못했습니다
다신 안 그러겠습니다
용서해 주세요

의례적인 꾸지람과
의례적인 포용의 말과
의례적인 용서의 선언

교묘한 타협이 이루어지는 경계에서
우리는 꽃처럼 피어난다

아이들은 졸업해야 하고
선생은 먹고살아야 하고

* 함민복 시집 제목

열무김치

수능이 60여 일 앞으로 다가온 오늘
고3 딸은 자율학습한다고 토요일인데도 학교에 가고
나는 텃밭으로 가 열무를 솎는다

무 배추는 씨앗만 뿌리고 모종만 심어주면
저토록 자기들의 세상을 잘도 만들어 가는데
딸아이는 고등학교에 입학하고 3학년이 다 지나가도록
여직 흙냄새를 맡지도 뿌리를 내리지도 못하고 있다

내일모레부터 열흘간은 수시입학 접수일
대학들은 다 자기네 화려한 멍석들을 자랑하는데
왜 늘 몇몇 아이들에게만 허락되는 자리인 것 같은지
왜 딸이 가고자 하면 너는 안 된다고 말할 것 같은지
만지면 부러지는 열무 같은 생각만 한 바구니 솎아와
열무김치를 담근다

열무김치를 먹을 때마다 나는 아마
딸아이가 뿌리내려야 할 땅은 어디인지를
절여진 열무 마음으로 곱씹어야 할 것이다

오 해피 데이

1교시, 아이들이 잔다
2교시, 아이들이 잔다

이윽고 점심시간이 되고 점심을 먹는다,
아이들은 잠자지 않는다

3교시에 아이들이 또 잔다
4교시에도 아이들은 또 잔다

매시간
아이들은 허리가 아프도록 잠을 계속 청해야 하고
나는 눈 부릅뜨고 잠자는 것 계속 감시해야 한다

모의고사 보는 오늘은, 보충도 야자도 없다
오 해피 데이

이른 저녁

오늘은 수시 원서 접수 마감일
내신이 썩 좋지 않은 딸아이는
수시 원서 한 장 내지 못한 채
자소서 한 번 써 보지 못한 채
하릴없이 야자를 뺀다

딸아이도 나도 온종일 먹먹해서
저녁이 서둘러 어두워진다

갑자기

운동장 가의 중년 느티나무 둘이 슬그머니 손잡고 붉어지자, 그 옆의 젊은 느티나무도 슬그머니 푸른 젊음을 접습니다.

운동장에서 공을 차올리며 아우성치는 학생들만, 갑자기 날이 왜 이리 추워졌느냐고, 찍-, 침을 뱉으며 투덜댈 뿐, 기온이 영하로 내려갔다는 오늘 아침, 어느 나무에서도 불평하는 소리 들리지 않습니다.

오로지 학생들만 매번 '갑자기'입니다.

전지(剪枝)

학교 아저씨가 소나무 전지를 하고 있다

소나무들은 기막히고 황당하다
봄이 오는데 잎을 안 내밀 수도 없고
여름 햇빛이 좋은데 자라지 않을 수도 없고
가을 되면 겨울나기를 위해 털갈이를 하는네
헛간 가득 장작을 쟁여놓고 한시름 놓는 농부처럼
이제 겨울 눈보라도 견딜 만하다고 생각 키울 때
아저씨는 차고 빛나는 가위로 사정없이 전지를 한다

소나무는 난도질을 당한 채 생각에 잠긴다
그럼 대체 어쩌란 말이냐
교정에 터를 잡았다는 이유만으로
꼭 누군가가 바라는 형태로만 가꾸어져야 하는
나는 왜 내 맘대로 자라지도 못하는 것이냐

올해도 학교의 숲은 오들오들 춥다

세상에서 가장 비극적인 일

아이들에게 선호하는 직업을 묻는다

간호사가 제일 많고
물리치료사
유치원교사
치위생사 등이 뒤를 따른다
간혹 스튜어디스와 공무원을 말하는 아이도 있다

나는 갑자기 서글퍼진다

저들은 왜 의사라고 말하지 않을까
대기업 임원이나 CEO라고
혹은 유엔본부에서 근무하고 싶다거나
아니면 동시통역사가 되고 싶다고
말하지 않을까

세상에서 가장 비극적인 일 중의 하나는
성적 때문에 꿈의 키를 낮추는 일이다

3부
좁은 운동장

사전 찾기

　아담과 이브가 유혹에 빠져 사과를 따먹었든, 아니면 판도라가 금기의 상자를 열었든, 그도 아니면 우리의 전설의 고향에 늘 나오는 어떤 유정물들이 신의 계율을 어겼든, 우리는 천상계의 질서에서 '실족(失足)'하듯 이 세상에 인간이라는 이름으로 태어나 내던져진 자아로서의 '실존(實存)'하는 존재가 되고, 그 주체적 존재성을 확립하려고 수십 년을 '실존주의(實存主義)'와 '실존철학(實存哲學)' 사이의 안개 낀 미로를 비틀거리고 때론 허방에 빠지면서 살다가, 어느 곳에선가 지쳐 몸을 누이면 신은 비로소 핀셋으로 우리의 주검을 드러내 미로 상자 밖으로 꺼내 던져버릴 것이니, 그렇게 우리는 비로소 '실종(失踪)'될 것이니, 어쩌면 우리의 삶은 실족(失足)에서 시작해서 실종(失踪)으로 완성되면서 다시 천상계로 환원하는 것은 아닐까.

얼음이 앉은 의자

창고 앞에
고장 난 의자 하나 놓여 있다

아마도 저 의자는
이번에 졸업한 학생이 앉았던 의자이리라
학생에 대한 기억을 간직하고자 함일까
엉덩이 형상이 그대로 남아 있다

마치 자기 할 일을 다 했다는 듯
아무 때나 주저앉아도 좋다는 듯
알몸인 채로도 편안해 보이는 의자, 라고
말하고 싶었다

오늘 아침
학생이 앉았던 자리에 얼음이 앉아 있다
차마 그냥 창고에 들지도 못하고
차마 다시 교실에 들지도 못한 채
지난 대학 입시에 미련이라도 남은 듯
기억의 엉덩이를 얼음으로 움켜잡고

봄을 거부하고 있다

저 의자의 주인은 지금, 어느 기숙학원에서
봄이어도 봄이 아닌 봄을 맞고 있는가

계절보다 이른 잠

오늘은 시월 열엿새
운동장으로 향한 눈엔 이른 단풍이 비치는데
교실에선 고3 아이들이 이른 기말고사를 본다

지금은 1교시
시험이 시작되고 5분, 문제를 푸는 학생은 다섯 명뿐
열일곱 명의 학생이 책상에 엎드려 잠을 자고 있다

수능은 앞으로 한 달
대학은 어차피 정시로 갈 것
굳이 필요치 않은 성적에 목맬 것 없지
답안지는 귀찮음과 피곤함으로 가득하다

한 줄로 내리그은 것은 귀찮음의 답안지고
아무렇게나 어지러운 것은 피곤함의 답안지

저 잠은 2교시에도 이어질 것
저 잠은 대체 언제 깨는 걸까

창밖에 이른 단풍이 들고 있는데
고3 아이들의 잠은 하마 깊구나

병든 눈

상담실 책상 유리 아래에서
캘리그래피 글자가 나를 올려다보고 있다

태양은 내일 또다시 떠오른다

나는 그 글자 뒤에 감추어져 있는
견고딕체 글자를 떠올리고 있다

어둠은 오늘 또다시 내려온다

어두운 구석이 먼저 눈에 들어오는
병든 내 눈

창문 안팎

창문 바깥쪽에 붙은 검불이 흔들리고 있다
비로소 밖에 바람이 불고 있음을 안다

나는 늘 창문 안에서만 살았던 것은 아닐까
나뭇가지를 악착같이 붙잡고 흔들리는 나뭇잎이
흥겹게 춤을 추고 있다고만 생각했던 것은
아닐까

점심을 먹고 게으른 트림이나 하는 사이
창 바깥에 매달린 검불은 아우성을 치고 있는데
창 안쪽에는 난이 연둣빛의 꽃을 내민다

같은 창틀에서 살면서
서로 다른 세계에 존재하는 저 두 생명, 마치
누구는 대학으로 가고
누구는 재수학원으로 갈 아이들 같은

혁진이의 채점 시간

오늘은
고3 모의고사 보는 날

시험이 다 끝나고
담임 선생님은 채점을 해 제출하라고 하는데
혁진이는 채점을 하지 않는다

하늘엔 뭉게구름 두둥실 떠 있어도
보나 마나 시험지엔 오늘도 소나기다, 그
빗줄기 하나하나를 맞다 보면
빗줄기가 어떻게 화살이 되는지
혁진이는 아주 잘 알고 있다

진짜 화살은 몸에 박혀 피를 흐르게 하겠지만
어떤 화살은 마음에 박혀 눈물을 흐르게 하는 것을
이미 수년 전부터 수도 없이 확인한 일

짐짓 옆 친구의 어깨를 치며
게임방 이야기로 너털웃음을 웃지만

혁진이는, 오늘도
가슴이 축축하다

삿대질

수업을 방해하는 아이를 지적했다는 이유로 나는
– 삿대질하지 마세요!
수십 개의 놀란 눈 화살을 얼굴만 붉히며 견뎌야 했지만

수업을 방해했다는 이유로 지적을 받은 저 아이는
– 곤장을 매우 쳐라!
밤새 삿대로 수십 대의 매를 맞는 가위에 눌리지 않을까

최고의 방어는 최고의 공격인 법
저 말이 가슴에서 우러나 입에서 튀어나오기까지
저 아이의 가슴엔 얼마나 많은 손가락 화살이 박혔을까

이왕이면 훗날 저 아이가
교문만 나서면 친구들에게 막걸리도 한잔 못 사는 선생
에게보다는
  힘줄 불끈 일어선 세상의 검은 팔뚝에게도 그렇게 외칠
수 있길
  바란다, 진정으로

좁은 운동장

학생들은 늘 축구를 하고 농구를 하고 풋살을 하고 야구를 하고 배드민턴을 한다. 그때마다 축구공 농구공 야구공 셔틀콕 등은 공중으로 솟아오르며 이리저리 날아다닌다.

학교의 울타리는 학교를 벗어나려는 대부분의 공을 잘 막아내지만 학생들의 손목과 발목의 힘은 의외로 세서 그들의 손발을 떠난 공들은 곧잘 울타리를 넘어가기도 한다

사방 백 미터 남짓한 고등학교 운동장은 학생들 천 명은 감싸고 있지만 학생들의 공을 다 가두기에는 너무 좁다.

난장

하루 종일
아이들 두 명의 자소서를 들고 씨름한다
아마도 서른 번쯤은 더 고쳤을 내용인데도
정갈하지 않고 자꾸 비지땀 냄새만 난다
왜 학생의 얼굴이 또렷하게 나타나지 않는 걸까

아무래도
하고 싶은 말들이 너무 많거나
진짜 이야기를 하지 못하고 있거나
누군가가 요구하는 대로 쓰기 싫거나
요구를 끝내 뿌리치지 못하는 자신이 밉거나
그도 아니라면 무엇을 했는지 허망해 하거나

자꾸 줄이고 줄여서 결국
인체 뼈 구조도를 닮은 한 학생의 이야기를 담아놓는다
저 이야기를 읽는 교수는 돋보기를 쓰지 않고도
학생의 꿈꾸는 미소를 읽을 수 있을까
소비자에게 영합해 가면서 물건을 만들어야 하는
고등학교의 교실과 교무실은 오늘도 난장이다

수능 다음날

수능 시험 다음날
날씨로는 역시 짙은 안개가 제격이다
어제는 발음조차 어려운 대학수학능력시험일
시험장의 수험생들에게는 어려운 시험이었는데
시험장 나.오다 보는 핸드폰에서는 작년보다 쉬웠다니
그들의 뭉클뭉클한 마음들이 밤새 안개로 피어
오늘 아침엔 세상이 온통 안갯속인 것이다

수험생들은 어젯밤부터 안갯속에 빠져
잡힐 듯 잡힐 듯 잡히지 않는 대학을 찾아
낮이고 밤이고 눈뜬장님 같은 유영을 하리라
지난해도 그랬고 지지난해도 또 그랬듯
많은 아이는 안갯속에서 무사히 탈출하겠지만
몇몇은 슬그머니 기숙학원을 알아보기도 하겠고
몇은 자포자기로 무서운 생각도 하면서

눈을 부릅떠도 잘 보이지 않는 세상을 살려면
연습이 필요하다는 저 하늘의 배려, 안개가
수험생의 발걸음을 자꾸 허방으로 이끈다

코로나19 소묘

하나
　　- 심심한 운동장

학생들이 보이지 않는 운동장엔
트랙을 따라 다닥냉이만 점점 늘어나고
바람이 바람 빠진 축구공만 드리블하고 있다

둘
　　- 쓸쓸한 봄날

아이들 얼굴 하나 보지 못하고
겨우내 가꾼 꽃잎 하릴없이 떨구어야 하는
올봄 벚나무는 참 쓸쓸하다

사회적 거리 두기

시간마다 잠을 자는 학생은 절대로 깨우지 말 것

과제 미제출 학생에게 절대로 두 번 이상 종용하지 말 것

주의 산만한 학생에게 절대로 손가락을 뻗어 지적하지 말 것

핸드폰을 보고 있는 학생에게서 절대로 핸드폰 압수하지 말 것

화장실 간다고 나가서 돌아오지 않는 학생은 절대로 찾지 말 것

수행평가 미제출로 최저점 맞겠다는 학생은 절대로 설득하지 말 것

흡연이나 폭행으로 징계위원회에 회부된 학생은 절대로 나무라지 말 것

단답형 문제 : 이 시대에 가장 적절한 학생과 교사와의 거리는?

정답 : 사회적 거리

유사 정답 : 생활적 거리

부분 점수 : 불가근불가원

정답이 정답인 이유 : 학생도 교사도 서로 상처 입거나

다치는 일 없이 한 해를 보낼 수 있기 때문
    정답의 근거 : 산에

              산에

              피는 꽃은

              저만치 혼자서 피어 있네

4부
방충망

만성 중독

찬물 같은 바람에 몸을 씻고 있는 영산홍
부끄러움도 없이 빨갛게 깔깔대는 것 좋아
슬그머니 얼굴 가까이 대 보는데
저 영산홍!
내 입김을 쐬고는, 그만
자지러지듯 비명을 지른다

저 영산홍!
불산 가스에 노출된 공장 노동자처럼
금세 얼굴 해쓱하니 중독된 것 같은데
날숨은 내 허파를 한 바퀴 돌아나가면서
무슨 치명적 병균을 묻혀 나간 것일까

바르르 떠는 영산홍에게서 놀라 떨어지며
문득, 생각해 본다
매일 나한테 학습 문제 질문하러 와서는
내 날숨을 해답처럼 쐬고 끄덕이며 가는
아이들!
혹,
만성 중독?!

가뭄의 이유

만약 내가
한해에 단 한 명의 제자를 얻을 수 있다면
그래서 훗날 내가 회갑연을 연다고 한다면
최소한 30명의 제자가 찾아오지 않겠나

이름이 신발장 맨 위에 있는 선생들의 술자리에서
헛기침으로 나온 이 말을 하늘이 들었는지
벌써 30일이 넘도록 비를 내리지 않고 있다

어처구니없고 실없는 것도 유분수지
내가 하늘이래도
무더위까지
철철
퍼붓고 싶었을 것이다

꽃밭

어른들에게 눈을 감게 하고
두 손을 모아 잡게 하면
그것만으로도 어른들은 불안해하지만
아이들에게 눈을 감게 하고
두 손을 모아 잡게 하면
그것만으로도 아이들은 꿈꾸기 시작하지

그 아이들에게
꽃들의 이름을 하나하나 불러주면
꽃들은 아이들의 마음속에서
제가 꿈꾸었던 자리에
제가 피고 싶었던 색깔과 모양으로
제가 품고 싶었던 향기를 머금고
제각각 피어나지
아이들은 금세 꽃밭을 만들어내지

아, 나는 너무 늦게 알았던 거야
교실이 하나의 꽃밭인 것을
꽃밭은 내가 만드는 것이 아님을

꽃밭은 스스로 꽃밭인 것을

나는 왜 항상 그 꽃들이
색깔과 향기와 모양과 피는 시기와 바라보는 방향까지
통일되기를 바랐을까

트와이스가 걸린 교실

3학년 3반 교실
예전에 태극기가 걸려있던 자리에는 지금
걸그룹 트와이스의 브로마이드가 걸려 있다
짧은 치마, 배꼽이 드러난 탱크톱, 뼘이 넘는 하이힐
마치 여러 명의 잔 다르크가 천상에서 하강하는 것처럼
또각또각 포스를 뿜어내며 걸어 나오고 있다

조용필이나 송창식 세대인 내가 보아도 그 사진은
태극기보다 더 시원하고
태극기보다 더 향기롭다, 그래서
태극기보다 더 자주 바라보게 된다

아이들은 아침마다 그 사진을 우러러보며
국기에 대한 맹세를 하듯 다짐을 하고
하루를 시작하는 모양이다

아이들은 저녁마다 그 사진을 우러러보며
가라앉은 심장을 다시 뛰게 하고
피곤에 젖은 시력을 회복하는 모양이다

- 기필코 대학에 가고야 말리라
- 축제엔 반드시 저들을 부르리라

오늘 수업 시간에, 문득
뒤통수가 근질거려 슬그머니 뒤돌아보니
굽 높은 발소리가 내 이마를 막 밟고 있다

아아, 오늘에야 비로소 알겠다
누군가 트와이스를 학통령이라고 했는데
엄숙함의 눈길로 내려다보던 태극기의 시대에서
열정의 눈길로 올려다보는 트와이스의 시대까지
세상은 변하고 있는데 넌 왜 주춤거리고만 있느냐고
아이들은 그 권위를 불러 나를 꾸짖고 있는 것이다

- 너, 제대로 하고 있는 것이냐

습관

돈 없어도 당신뿐이고
돈 많아도 당신뿐이고

시골 읍의 문화제가 열리고 있는 곳에서
교무실 창문을 넘어오는 세속의 소음들이
늙은 작부의 넋두리처럼 흐느적거린다

묵은 과수원에도 습관처럼 사과는 열리듯
매년 어느 지역에서나 열리는 축제
때깔도 맛도 나아지는 것은 없고
그저 축제를 위한 축제만 습관처럼 열 뿐

참, 나도 그렇게 매일 직장을 가고 있지
습관처럼 본능처럼 분필을 잡고 있지

방충망

모처럼 맑은 날
창을 열고 밖을 본다, 왠지 답답하다
눈에 힘을 주고 초점을 당기어 다시 보니
방충망이 어릿어릿 눈을 어지럽힌다

아무 생각 없이 밖을 보면 보이지 않다가도
무엇을 자세히 보려 하면 나타나는 방충망
보여야 할 것들 흐릿흐릿 어른거리게 하고
보고 싶은 것들 흐릿흐릿 눈 침침하게 하고
제 할 일은 제쳐두고 자꾸 헤살만 부린다

신에게로 가는 길을 가로막는 것은 사제라던가
진실에게로 가는 길을 방해하는 것은
혹, 교사 아닌가, 나는
방충망 아닌가

편

이웃집 아저씨가 돌아가셨다
선친의 친구이셨던 분, 혈액암이라 했다
아버지를 저승으로 데려간 것도, 암이었다

암은 저승사자다
암은 긴 손톱과 차가운 입술을 가졌다
그가 조건 없이 물러나는 일은
최익현이 상투를 자른 후에나 가능할 것
사람들은 그를 몰아내기 위해 수많은 기도를 하지만
만약 신이 죽는다면 사인은 틀림없이 암일 것이다

암으로 군대를 만들면 어떨까, 아니면
암을 차라리 우리 생명으로…

…하다가, 곧 깨닫는다
언제나 가장 강한 것은
모두 내 편이 아니었지

선생 돈은 보는 사람이 임자라고 했던가

나는 늘 지는 편이었다는 것을 확인하고 나니
비로소 편안해진다

김수영

문학 수업 시간
시(詩)는 온몸으로 온몸을 밀고 나가는 것
온몸에 전기처럼 찌르르 소름이 흐른다

내 교단의 생을 지배하고 있는
저 황홀한 말이여, 절망이여, 구원이여
김수영 죽은 지 50년
망령처럼 떠도는 말로 매일 채찍을 맞으며
나는 단 한 번이라도
온몸으로 온몸을 밀고 나간 적 있었던가

한번은, 꼭 한번은
봉급쟁이 선생이 스승 흉내라도 내 봤으면

안개

안개 속에서 학생들이 걸어나온다
안개 속에서 학생들이 지나치고
안개 속으로 학생들이 또 사라진다

시월 말의 아침 학교 운동장은 거진 안개 속이다
그 속에는 오로지 학생들만 오고 가고 또 머문다
그들이 지나가는 자리에 안개가 일렁이는 것을 보면
그들은 모두 소용돌이나 회오리바람을 가지고 있다
그들이 만약 모두 한곳으로 동시에 질주한다면
안개를 이끄는 거대한 기류가 발생하리라

안개 속에서 흘러나온 탓일까
학생들의 숨결은 안개를 닮았다
그 속내가 희미하게 보이는 듯도 해서
가까이 가 보면 여전히 안개 속이고
고개를 갸웃하며 다시 이만큼 물러나오면
또 저만치서 안개 옷을 입은 속내가 손짓을 한다
나와 학생들 사이엔 늘 안개가 있다

그러나 정작 심각한 문제는 내게 있다
나는 매일 아침 안개의 성으로 스며들어가
안개 속을 채굴하는 막장 광부처럼 일을 하고
어둠과 함께 온 저녁 안개 속으로 퇴근한다
만약 내 가슴을 X-ray로 촬영한다고 해도
희미하게 굳어가는 안개 덩이가 발견될 것이다
그러면 의사는 요즘 흔한 증세라고 말하며
안개 같은 글자들로 처방전을 쓰리라
약사는 친절하게 약을 조제해 주겠지만
그는 또 속으로 끌끌 혀를 찰 것이다
어차피 며칠 후에 다시 찾아올 테니

두려운 대장간

저 선생은 가슴에 대장간 하나 품고 있는 게 틀림없어
매일 저렇게 활활 타오르는 눈빛을 하고 있는 것을 보면

저 사람 손을 잡으면
손바닥 손금이 하얗게 말라붙도록 데면서
그 서슬에 가슴 속이 몽땅 뒤흔들려 버리고
몸뚱이 벌겋게 달아 땅- 땅- 망치질을 당할 거야
버려질 거야

손잡고 싶어, 저 사람과
…두렵지만

반성

나는 왜 아이들에게도 동료들에게도
금요일 오후 같은 선생이 되지 못하고
월요일 아침 같은 선생으로만 있는가

밥맛, 살맛

국어 선생 ㄱ은

11시 58분에 2층 사무실을 나서서 계단을 내려와 1층 현관에 닿는다

역사 선생 ㄴ은

11시 57분에 3층 사무실을 나서서 계단을 내려와 1층 현관에 닿는다

생물 선생 ㄷ과 화학 선생 ㄹ은

11시 59분에 1층 사무실을 나서서 1층 현관에서 ㄱ과 ㄴ을 만난다

만나서 다 같이 식당으로 간다

ㄱ, ㄴ, ㄷ, ㄹ이 항상 같이 모여 식사하러 가는 모습은

이 학교에 근무하는 사람들에게는 때 되면 밥 먹는 일이다

1층 현관에서 식당까지 가는 길은 백여 보 남짓

그들이 왜 늘 같이 모여서 그 길을 가는지는 아무도 모른다

식당 건물이 저만치 눈앞에 보이니 길을 잃을 염려는 없을 테고

고개가 있어서 화적떼나 호랑이를 만나는 일이 있는 것

도 아니고
  늘 돌풍이 불어서 서로 어깨를 걸어야만 갈 수 있는 곳도
아닌데

  지금은 12:00 정각, 오늘도
  ㄱ과 ㄴ과 ㄷ과 ㄹ은 함께 식당으로 간다
  그들의 발자국 위로 웃음소리 여기저기 흩어진다
  사월 중순, 둔덕 조팝나무꽃에 모인 햇살같다
  시월 초순, 강변 갈대꽃에 부서지는 햇살같다

  밥맛은 오늘도 좋을 것이다
  살맛도 그렇게 피어날 것이다

5부
바람보다 먼저

등나무 단상

등나무는 왼손감기 넝쿨 식물.

학교 운동장 농구장 옆 등나무는 모두 왼손감기로 기둥을 이루며 구조물을 따라 오르고 있는데, 유독 하나의 기둥은 왼손감기와 오른손감기가 같이 섞여 있다.

생물 선생님은 돌연변이일 가능성, 그리고 상처를 입은 경우를 언급한다.

그중 상처를 입은 경우가 내 가슴을 울린다. 자라다가 어느 순간 예기치 못한 상처를 입고 생존하기 위해서 어쩔 수 없이 왼손감기를 오른손감기로 바꿀 수밖에 없었다는 것.

아내는 원래 왼손잡이인데 글씨를 쓰는 것도 밥을 먹는 것도 오른손으로 한다. 원래 오른손잡이인 나보다도 글씨도 더 반듯하게 쓰고 수저질도 더 자연스럽게 한다.

아내는 내가 모르는 상처를 간직하고 있나 보다. 혹, 내가 그 상처의 원인은 아니었을까.

오늘 저녁에는 심심하다면서 짐짓 아내의 발톱이나 깎아
주어야겠다.

어떤 이사

예성여고 뒤 공동묘지엔
지금 택지개발이 한창이다

이 마을 저 마을에서 살던 사람들이
죽은 후에 옹기종기 모여 마을을 이루어 살던 곳
주변을 온통 사과 배 복숭아 과수원으로 펼쳐놓고
봄날이면 낮은 초가지붕 같은 봉분을 따라
조팝나무꽃이 눈부시게 피어나던 곳

사람들은
살아서도 마을을 이루지만
죽어서도 마을을 이루고
살아서도 이사를 하지만
죽어서도 이사를 하고
살아서 살던 집이 헐리기도 하지만
죽어서 살던 집도 헐리기도 한다

어제
아래층에 새로 이사 온 사람이 있다

어머니 맛

어릴 적 대보름날
어머니는 육 남매를 데리고 뜨락에 내려
눈을 감고 소원을 빌라시며
달을 보고 꾸벅꾸벅 절을 했다
육 남매는 한참 동안 달을 바라보다
달빛 머금은 눈을 감고 머리를 조아렸다
슬그머니 머리 돌려 곁눈을 뜨면
어머니의 합장한 손끝 위로
달이 담긴 눈이 반짝였다

오늘
추석 달빛을 받아 참취꽃이 핀다
저 달이 한번 이울었다 다시 둥글어지면
꽃 진 자리마다 씨앗은 맺힐 터이고
새봄에는 그 씨앗 흩어진 여기저기에
참취는 또 파릇파릇 돋으리라
그 잎을 따서 쌈을 싸 먹으면
달빛의 맛을 알리라
어머니 맛을 알리라

은행잎

은행나무 잎 떨어진 우듬지에

참새가 열서너 마리쯤 앉아 있다

그들의 재잘대는 수다가 은근 재미로워서

은행나무가 잠시 쓸쓸함을 잊어본다

비가 내리는데도 떨어지지 않는

저, 고운 은행잎

바람보다 먼저

비가 그치고 바람이 분다

이제까지와는 다른 바람이다
지금까지의 바람에는 차진 기가 있었는데
약간 뜨겁고 짭조름한 맛도 숨어 있었는데
뺨에 닿으면 가끔 땀방울로 흐르기도 했는데
이 바람은 마른 억새 냄새가 난다
복숭아털 같은 가시들이 돋은 채로 달려들어
뺨을 스치면 가늘게 할퀴어진 자국이 난다
분명, 이 바람 속엔 아주 작은 칼날이 숨어 있다

나무들은 본능처럼 그것을 안다
바람을 피해 보겠다고 소란 떠는 느티나무
온갖 묘기를 부려가며 몸을 뒤트는 등나무
수만의 손가락으로 깍지를 끼고 버티는 향나무
전방에 배치된 병사들을 희생하기로 한 은행나무
온몸에 바늘을 세우고 한껏 허세를 부려보는 소나무

그러나 어떤 나무도 바람을 피하지는 못한다.

그저 냉수 먹고 이빨 쑤시는 자존심일 뿐

그래도 바람보다 먼저 누워서는 안 된다
버티다 스러지는 자존심이라도 있어야
겨울을 견딜 수 있으니까

대추나무 한의원

아침은 왜 오는지
나는 대추나무 한의원을 보고서야 알았다

아침마다 출근길에 지나치다 보면
한의원은 아직 문을 열지도 않았는데
문턱에 앉아 진을 친 할머니 할아버지들
저분들은 언제부터 저 자리에 있었을까

밤 내내 결리고 쑤시고 욱신거렸을 몸뚱이를
만지고 비비고 주무르고 두드리면서
떼쓰고 보채는 아이 사탕으로 달래듯 지새면서
오로지 어서 날이 밝기를 기다리던 긴 불면의 밤
할머니 할아버지의 기도로 한 땀 한 땀 기워진 밤

아침은
할머니 할아버지의 기도로 이끌려오는 것
그 가장 절실해서 성스러운 아침이
세상을 매일 눈을 뜨게 하는 것

아침은
대추나무 한의원부터 온다

감기

새삼 사는 게 새롭다
오늘 날씨가 영하(零下)라고 하고
내가 감기 걸린 것밖에는 없지만
그것으로 세상은 새삼 새롭다

아무런 감동도 없는 채로
하루가 지나가도 할 말은 없는 것인데
어떠냐, 오늘은 찬바람이 코에 머물면서
기침도 나고 머리도 적당히 아프고
오랜만에 이마엔 열도 나지 않느냐

그래, 그 덕에 아내에게서
짐짓 걱정하는 눈짓도 받게 될 테고
맨날 자기 이야기로만 바쁜 딸아이로부터는
의례적인 안마라도 받을 수 있을 것이니
새삼 사는 일이 새롭지 않으냐

고맙다, 감기야

노을을 지나며

밤 버스를 타고 가다 보면
사람들이 사는 마을이 보여요
하늘의 별밭처럼 보여요

할아버지의 할아버지… 그 할아버지 적부터
수많은 사람이 하늘에 올라 별이 되었으니
하늘의 별들은 그렇게 많은 것이겠지만

할머니의 할머니… 그리고 그 할머니 적부터
밤 깊으면 하늘의 별들도 몰래 이 땅에 내렸으니
그들도 어디엔가 마을을 이루어 살겠거니 했는데

밤 버스를 타고 가다 보면
그 별들이 사는 마을이 보여요
사람의 마을처럼 보여요

아버지의 미소

아마, 틀림없을 거야
어스름 내려앉는 논배미에 떠오른 달빛이
이마와 볼에 흐르는 땀방울에 닿아 풀어져서는
서럽고 안타까운 논두렁길 같은 주름에 박혔다가
발 씻는 시냇가 느티나무에서 소쩍새 소리로 눈 떠
늦은 저녁 밥상 앞에서 흐린 등잔 불빛으로 피어난 것이

공항 근처에서 밥을 먹다

청주 공항에서 비행기가 떠오르네
그림자 논밭을 가로질러 따라가네

비행기 하늘로 가뭇없이 사라지고
그림자 땅으로 스며든 듯 자취 없네

청주 공항 부근에서 먹는 쌀밥은
눈물을 닮았네

스트레스 해소법

가장 얕으면 잔디밭의 풀을 뽑고
조금 심하면 참나무 장작을 패고
아주 지독하면 예초기를 돌릴 것

번뇌의 잡초만 제거할 수 있다면
아마
원효도 예초기를 주문했을 것

달 없는 추석

아버지 어머니
잘 열리지도 않고
잘 닫히지도 않는
낡은 목재 책상 서랍 안에
빛바랜 여권 그냥 남겨두고
어느 먼 나라로 여행 떠나셨나요

별이 빛나는 밤

그를 다른 세상으로 보내고
꽃상여 타는 연기로 보내고

검은 옷으로 돌아와 홀로 맞는 저녁
등불도 없이 침묵만 가라앉는 뜨락에
이슬로 젖어 내리는 소쩍새 소리

하늘에선 검은 장막을 쳐놓고
이사 온 이웃 환영식이라도 하는지
촛불잔치를 벌이고 있는데

에너지 불변의 법칙처럼
지상의 한 사람은 가고
하늘의 한 영혼은 뜨고

별이 빛나는 밤

겨울 화암리

충주댐 그 뒤, 화암리로 가는
발바닥 탄 내 까맣게 덮인 길에 서서
아예 길을 덮어버리려고 하는 눈을 따라
차라리 눈에 덮이고 싶어 하는 길을 따라
그대와 손을 잡고 길인 듯 눈인 듯 걷다
소실점으로 지워지고 싶다

길을 잃다

친구 딸 결혼식의 퍼포먼스는 화려했다

결혼식 끝나고 찾은 찻집, 밖에 비가 오는데
결혼식 퍼포먼스 같은 화려한 향기는 없고
자녀 결혼과 퇴직과 이혼과 건강과 재취업
바래고 해진 이야기들이 더 많이 오가는데
비 때문인가 쌉싸래한 커피도 향기로운데

신생아실과 장례식장의 거리가 100미터 남짓이듯
예식장과 이 찻집의 거리도 100미터 남짓이지만
그 엎어지면 배꼽 닿을 만한 까마득한 거리에서
우리는 도대체 얼마만큼 길을 잃고 사는 것일까

촌스럽지 않게 침 뱉는 법

아들 녀석 군대 가서 보직 신청 하러 갔더니, 지원자가 여럿인데 대뜸 면접관이 하는 말.

SKY 아니면 가!

자대 배치되어 일곱 명이 함께 왔는데 서울대, 워싱턴주립대 다니다 온 놈 둘은 버스에서 내리자마자 누군가가 채어가고, 그저 그런 대학 다니다 온 다섯만 남아 멀뚱하니 그들의 뒷모습을 지켜봤다나.

아들 녀석 가슴에도 이제 시나브로 가래가 고이겠네. 그러면 시시로 가슴이 아파올 테고, 카악! 퉤! 촌스럽지 않게 침 뱉을 줄도 알겠네.

송하식(送夏式)

소매 짧은 옷을 벗어 세탁소에 보내면서
긴 터널을 지나온 것처럼 여름도 보낸다

내일부터는 가을이다
이제부터는 내전이다

구석

구석에는 조금 밀려난 것들이 있다
어머니가 묘재를 넘어 시집와 아이를 낳은 후
콩나물시루처럼 머무시던 할머니의 어둑한 윗방

구석에는 조금 빛바랜 것들이 있다
시월 닷새 내륙을 관통하는 태풍에 떨어진
느티나무 잎이 비에 젖어 오들거리던 운동장 가

구석에는 조금 아팠던 것들이 있다
아이들에게 온갖 재롱을 다 떠는 길고양이가
간밤 어디선가 물어뜯긴 상처를 핥던 옥향나무 밑

어머니에게 꾸중을 듣고 마음이 오그라져
아무리 나를 찾아도 내가 나가나 봐라
울다가 잠든 곳도 구석진 광이었지

왼쪽으로도 오른쪽으로도 벽이 버티고 있어
바람이 불어도 회오리로 돌다 가라앉는 곳
괜히 손 모으고 옹송그리고 있게 되는 곳

시나브로 머리가 몸 안으로 잠겨 드는 곳
그러다 깜박 잠이 들기도 하는 곳

그렇게 몸도 마음도 바래 가는 구석엔
술래가 끝내 찾지 못한 서러움도 있다
어느 날 나는 잊힐 것이다

날씨 예보

텔레비전의 모든 뉴스는 날씨 예보다

저 축축한 공기 섞인 회오리바람 속에서
천둥과 번개와 바람을 읽어낼 수 없다면
내일도 손발은 부을 새도 없이 바쁠 것이고
머리와 등허리와 가슴까지 또 젖게 되리라

편두통

편두통이 또, 왔다
눈만 깜박여도 녹슨 쇠꼬챙이가 머릿속을 찌른다

저 산봉우리도 편두통을 앓는 것일까
얼마 전까지는 푸른 하늘만 이고 있더니
오늘 아침엔 정수리가 불그레 달아올랐다

내가 편두통을 앓는 것은
머리카락만 만져도 온몸이 아픈 몸살이 났을 때이니
오늘 비로소 알 것도 같다
몸살 한번 나지 않으면
세상엔 단풍도 들지 않는다는 것을

덮으며

이 넋두리 같은 것을 굳이 묶어야 하는지에 대한 고민이 있었다. 세상에 내놓고 나면 또 어느 구석으로든 숨고 싶어질 것이기에. 그럼에도 끝내 미련을 버리지 못한 어리석음은 생의 한 굽이를 돌아서며 비워야 할 것들을 정리하고자 하는 마음이 더 컸던 탓. 해량을.

1부에서 4부까지, 학교와 학생과 교사에 대한 솔직한 느낌을 겪은 바를 바탕으로 적어보려 했다. 그러나 이미 고백한 바와 같이 내 눈이 병들어 있어서 학교 현장의 어두운 구석이 먼저 눈에 띄는 것을 끝내 감추지 못했고, 게다가 사물을 꿰뚫어 보지 못하는 우매함으로 인해 그 민낯을 제대로 그려내지도 못했다.

대부분의 학생들은 착하고, 자기의 처지에서 물리적 정서적으로 최선을 다한다. 그러나 때로 학생들은 어떤 교사보다도 영악하고, 나아가 무서울 때도 있다. 그런 날은 흔히 직(職)을 건 상처를 입는다. 살아가면서 우리를 절망하게 하는 것은 아흔아홉 가지의 좋은 일보다도 단 한 가지의 슬픈 일이라는 말을 긍정한다면, 이 학교 현장의 이야기들은, 이것들도 대부분 순화하려고 애쓴 것들이지만, 용서받을 수 있을 것이다.

사실 이제까지 흘러다니는 학생에 관한 글들을 읽어보면 일종의 터부 같은 것이 작용하고 있음을 느낀다. 미래의 기둥이 될 학생들의 일탈을 비판하는 글들은 거의 찾아볼 수 없고, 설혹 그런 내용이 있다 하더라도 그 끝부분에는 공식처럼 이들이 아픔과 방황을 겪고 난 후에 더 큰 성장을 할 것이라는, 말 그대로 철석같은 믿음을 공식처럼 달아놓는다. 이 묵시의 구조를 당연한 것으로 받아들이는, 혹은 당연히 받아들여야 하는 사회 구조 속에 교사들의 고민이 있다. 그런 일부 학생들의 민낯을, 살짝, 건드려보고 싶었다.

5부에는 살아오면서 가슴에 그림자를 남기는 작은 이야기 몇을 나름 기록해 보았다. 그러나 한 길 물속도 헤아리지 못하는 얕은 사고, 그리고 머리도 꼬리도 어지러운 둔한 연필로 인해 소재가 되는 것들의 속내를 제대로 보여주지 못했다. 어리석음을 용서하면서 일독(一讀)해 준다면, 더 바람이 없겠다.

　내가 걸어가는 다음 굽이의 이야기가 누군가에게 조금
이라도 궁금한 삶을 살고 싶다.